CHERS AMIS RONGEURS, JE VOUS PRÉSENTE

LES PRÉHISTOS

DES AVENTURES EN DIRECT DE L'ÂGE DE PIERRE... À FAIRE FRÉMIR LES MOUSTACHES !

BIENVENUE À L'ÂGE DE PIERRE...
DANS LE MONDE DES PRÉHISTOSOURIS !

CAPITALE : **SILEXCITY**

HABITANTS : NI TROP NI PAS ASSEZ NOMBREUX (LES MATHÉMATIQUES N'ONT PAS ENCORE ÉTÉ INVENTÉES !). IL Y A AUSSI DES DINOSAURES, DES TIGRES AUX DENTS DE SABRE (QUI SONT TOUJOURS EN TROP GRAND NOMBRE !) ET DES OURS DES CAVERNES.

FÊTE NATIONALE : LE JOUR DU *GRAND BZOUTH*, DURANT LEQUEL ON CÉLÈBRE LA DÉCOUVERTE DU FEU. PENDANT LES FESTIVITÉS, TOUS LES RONGEURS ÉCHANGENT DES CADEAUX.

PLAT NATIONAL : LE BOUILLON PRIMORDIAL.

BOISSON NATIONALE : LE SOURIR, UN MÉLANGE DE LAIT CAILLÉ DE MAMMOUTH ET DE JUS DE CITRON, AVEC UNE PINCÉE DE SEL ET DE L'EAU.

CLIMAT : **IMPRÉVISIBLE**, AVEC DE FRÉQUENTES PLUIES DE MÉTÉORITES.

Bouillon primordial

SOURIR

MONNAIE

LES **coquillettes** :
COQUILLAGES DE TOUTES SORTES
ET DE TOUTES FORMES.

UNITÉ DE MESURE

LA **queue** ET SES SOUS-MULTIPLES :
DEMI-QUEUE ET QUART DE QUEUE.

CETTE UNITÉ EST BASÉE SUR LA LONGUEUR DE LA QUEUE
DU CHEF. QUAND IL Y A UN DÉSACCORD,
ON LE CONVOQUE POUR VÉRIFIER LES DIMENSIONS.

LES PRÉHISTOS

GERONIMO

Traquenard

Téa

Benjamin

Pandora

Farfouin

Grand-mère Tourneboulé

SILEXCITY
(Ville des Souris)
RADIO-RAGOT
CAVERNE DE LA MÉMOIRE
L'ÉCHO DU SILEX
MAISON DE TRAQUENARD
TAVERNE DE LA DENT CARIÉE
ROCHER DE LA LIBERTÉ
FLEUVE TOPAZE
CABANE D'HUM-HUM

VOLCAN

PLACE DE LA PIERRE-QUI-CHANTE

MAISON DES OUZZ

HÔPITAL

VOLOPORT

ENTRÉE DU MÉTROSAURE

MAISON DE TÉA

MAISON DE GRAND-MÈRE TOURNEBOULÉ

MAISON DE GERONIMO

GROTTE DU CHAMAN

Geronimo Stilton

PEUT-ON ADOPTER UN BÉBÉ TERRIBLOSAURE ?

ALBIN MICHEL JEUNESSE

Texte de Geronimo Stilton.
Coordination des textes de Sarah Rossi (*Atlantyca S.p.A.*).
*Sujet et supervision des textes d'*Andrea Pau.
Coordination éditoriale de Patrizia Puricelli.
Dessin original du monde des préhistosouris de Flavio Ferron.
Édition de Benedetta Biasi.
Coordination artistique de Flavio Ferron.
Assistance artistique de Tommaso Valsecchi.
Couverture de Flavio Ferron.
Illustrations intérieures de Giuseppe Facciotto *(dessins)*
et Daniele Verzini *(couleurs).*
Graphisme de Marta Lorini *et* Yuko Egusa.
*Basé sur une idée originale d'*Elisabetta Dami.
Traduction de Jean-Claude Béhar.

www.geronimostilton.com

Pour l'édition originale :
© 2012, Edizioni Piemme S.p.A. – Corso Como, 15 – 20154 Milan, Italie
sous le titre *La tremenda carica dei tremendosauri*
International rights © Atlantyca S.p.A. – Via Leopardi, 8 – 20123 Milan, Italie
www.atlantyca.com – contact : foreignrights@atlantyca.it
Pour l'édition française :
© 2015, Albin Michel Jeunesse – 22, rue Huyghens, 75014 Paris
Blog : albinmicheljeunesse.blogspot.com
Loi 49-956 du 16 juillet 1949 sur les publications destinées à la jeunesse
Dépôt légal : premier semestre 2015
Numéro d'édition : 21254
ISBN-13 : 978 2 226 25760 4
Imprimé en France par Pollina s.a. en janvier 2015 - L70476

Il y a des millions d'années, sur l'île préhistorique des souris, dans une ville nommée Silexcity, vivaient les préhistosouris, de courageux Souris sapiens!

Mille dangers les menaçaient chaque jour : pluies de météorites, tremblements de terre, éruptions de volcans, dinosaures féroces et... redoutables tigres aux dents de sabre! Les préhistosouris affrontaient tout cela avec courage et humour, en se portant mutuellement assistance.

Dans ce livre, vous découvrirez leur histoire, écrite par Geronimo Stiltonouth, mon lointain ancêtre.

J'ai trouvé ses récits et dessins gravés sur des dalles de pierre, et j'ai aussitôt décidé de vous les raconter! Ce sont de palpitantes histoires, vraiment désopilantes, à exploser de rire!

Parole de Stilton,

Geronimo Stilton!

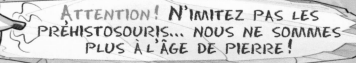

Attention! N'imitez pas les préhistosouris... nous ne sommes plus à l'âge de pierre!

AHOUUUUILLE !

Aaaah, le début de l'été, quelle période fantasouristique ! Les arbres en fleurs, le soleil resplendissant, la brise qui vous chatouille les moustaches… quelle SÉRÉNITÉ !

Figurez-vous que même moi, le journaliste le plus **COURAGEUX** de la préhistoire (*enfin*, plus ou moins !), le chroniqueur le plus travailleur de Silexcity (*enfin*, presque !), le directeur le plus **CÉLÈBRE** de *L'Écho du silex* (*enfin*, parce que je suis le seul !), je me suis résolu à prendre quelques jours de vacances.

Oui, vous avez bien entendu, j'ai dit **vacances** !

Pour être précis, j'avais décidé de louer une CABANE au bord du fleuve Rapidouth, afin de me détendre en compagnie de ma sœur Téa et de mon petit neveu Benjamin.

Lecture, TASSES de Sourir (la boisson préférée des préhistosouris), roupillons mégalithiques ; rien ne pouvait troubler cette atmosphère de rêv…

– Ahouuuuille !

LE BALLONSAURE

Le ballonsaure est un reptile caparaçonné, vivant uniquement sur l'île préhistorique des Souris. De caractère joueur, il se recroqueville en boule quand il est en veine de blagues. Il est plutôt paresseux et n'aime pas trop s'éloigner de chez lui. Ainsi, c'est le seul ballon préhistorique qui revient volontairement dans la patte de celui qui le lance.

Un ballonsaure me frappa en plein museau.

– BALLOOOOOOOOOOOOON !

hurla quelqu'un. Eh, cousinet ! Ne traîne pas sur le terrain de **BOMBE-BALL** !

Ah oui… j'avais oublié de vous préciser que mon cousin Traquenard s'était joint à nous : quand il s'agit de **VACANCES**, il n'est jamais en reste !

– Es-tu obligé de JOUER justement ici ?! protestai-je en me massant le museau.

– Et où sinon ? rétorqua-t-il en se préparant à un nouveau lancer. Allez, allez ! Cesse de te prélasser, cousin-limace ! À ce train-là, à la fin des vacances tu seras encore plus FLASQUE qu'avant ! Regarde-moi : ce physique avantageux, ces abdominaux, ces muscles proéminents !

Il se mit à exécuter une série de contorsions

comiques, en **VIREVOLTANT** sur sa queue, et en faisant tressauter sa bedaine avec la grâce d'un hippopotamosaure.

J'allais m'en aller, mais un hurlement me fit sursauter.

– Yaouuuh !

Évidemment, c'était encore Traquenard, qui se **BALAN-ÇAIT** au-dessus de moi, agrippé à une liane épaisse. Il passa au ras de mes moustaches, avant de *plonger*, telle une météorite, dans les flots limpides du fleuve Rapidouth.

YAOUUUH !

ATTENTION !

SPLASHHHHHH !

Une éclaboussure mégalithique me TREMPA jusqu'à la pointe des moustaches.

– Quel style, hein ?! dit-il en sortant de l'eau comme un paon et en m'ARRO-SANT copieusement au passage. Avoue que je suis un champion de plongeon !

– **Grrr...**

GRRR...

Dégoulinant et furieux, je décidai de me réfugier dans la forêt pour échapper à cette AGITATION et aux FANFARONNADES de ce nigaud de Traquenard !

MILLE MILLIONS D'OSSELETS DÉPULPÉS !

Je m'enfonçai dans les profondeurs de la **FORÊT** qui borde le fleuve Rapidouth, et je trouvai bientôt une petite place qui me convenait parfaitement. Un tapis moelleux d'*AIGUILLES DE PIN* recouvrait le sol, une végétation luxuriante rafraîchissait la clairière, et surtout il n'y avait aucun plongeur casse-pattes dans les parages ! AAAAH, QUELLE MERVEILLE !

Je m'allongeai sous un palmier, prêt à m'accorder une sieste réparatrice, quand une **ombre** gigantesque se dessina par terre.

GLOUP!

Qu'est-ce que
cela pouvait être ?!
Un brontosaure ? Un mégalosaure ?
Ou un **TERRIFIANT** T… T… T… (pardon,
mais rien que d'y penser mes moustaches vibrent
de TROUILLE) T-Rex ?!
Tremblotant comme une mozzarella
préhistorique, j'ouvris un œil…
Aucun dinosaure en vue, ce
n'était qu'un gros **NUAGE**
qui avait caché le soleil !
Un instant plus tard : plic ! Plic !
Plic ! Il se mit à **PLEUVOIR**…
Pourquoi fallait-il que les averses
éclatent juste au moment de mes
VACANCES ?!

Plic ! Plic ! Plic ! Plic ! Plic ! Plic ! Plic ! Plic !

Hum, plus qu'une averse… c'était un *déluge* !
Moi qui venais à peine de me SÉCHER après le
plongeon de Traquenard, je me retrouvai à nouveau plus trempé qu'une éponge paléozoïque.
GRRR !
Je pris le chemin de la cabane, mais, sous la
pluie, le sol s'était transformé en mare boueuse
et DÉGOÛTANTE.

GULP !

BEURK !

Je fis un pas et… FLOP ! je m'enfonçai jusqu'aux genoux. Encore un pas… **et floup !** je m'enlisai jusqu'au derrière…

Pouff… Pouff… quel effort !

J'arrivai au bungalow exténué et couvert de **BOUE**, de la pointe des moustaches au bout de la queue.

– *AU SECOUUUUUURS !* hurla Traquenard. C'est… c'est… le **MONSTRE** du fleuve Rapidouth !

– Tais-toi donc ! répliquai-je. Ce n'est que moi, **NIGAUD** de cousin ! Geronimo !!!

Sur ces mots, je fonçai me réfugier dans la CABANE, à l'abri de la pluie. Le fleuve grossissait à vue d'œil, rendant le courant de plus en plus IMPÉTUEUX.

Je n'avais jamais rien vu de semblable. Pourtant, nous, les préhistosouris, sommes coutumiers des déluges et des cataclysmes de toutes sortes !

OH ?!

Soudain, je remarquai une silhouette sur les flots.

– C'est… un petit **DINOSAURE** ! s'exclama Téa.

– Il semble en DIFFICULTÉ… lui fit écho Benjamin.

– Mille millions d'osselets dépulpés ! lançai-je. Nous devons faire quelque chose !

Ouiiiiiiiik !

OH HISSE !

L'affaire était **SÉRIEUSE**.

Le petit (façon de parler) était un **BÉBÉ** de terriblosaure. Il se débattait dans les remous.

ET MAINTENANT ?! Ballotté par le COURANT, il parvenait à peine à maintenir son cou hors de l'eau.

– Je ne sais pas s'il pourra résister longtemps, s'inquiéta Téa.

– J'ai une **IDÉE** ! fit, inspiré, Benjamin. Oncle Traquenard, passe-moi la **liane** que tu utilises pour tes plongeons !

– Hein, quoi ?... bredouilla Traquenard, à moitié endormi.

Heureusement, Téa réagit plus EFFICACE-MENT : elle plongea dans le tas de bagages de Traquenard (un amoncellement de couvertures, maillots de bain et tranches de putréfort, le fromage le plus célèbre et le plus PUANT de Silexcity), et refit surface avec la liane dont mon cousin se servait pour s'élancer d'un arbre à l'autre.

Elle courut sur la rive, et ENROULA la liane autour d'un arbre qui se trouvait au bord du fleuve Rapidouth. Puis, tandis que Benjamin, Traquenard et moi nous nous agrippions à cette sorte de câble, elle lança l'autre extrémité dans l'eau, en direction du terriblosaure.

Le bébé repéra cette aide inespérée, et se débattit FRÉNÉTIQUEMENT, jusqu'à ce qu'il parvienne à saisir la liane entre ses dents.

Il ne nous restait plus qu'à TIRER de toutes nos forces.

– OOOOH HISSE ! OOOOH HISSE !!!

Malheureusement, en dépit de nos efforts, nous ne réussîmes à déplacer le petit que de quelques milliqueues. Il pesait extrêmement **lourd** ! Mais nous ne pouvions pas renoncer.

– OOOOH HISSE !!!

Le terriblosaure faisait de son mieux en MOU-LINANT dans l'eau avec ses pattes et sa queue, mais ça n'avançait guère : à ce rythme, nous mettrions une semaine pour le sauver.

– **TRAQUENAAAAARD !** cria Téa. Vas-y, mets toute la gomme !

Hélas, malgré sa carrure, mon cousin traînait une fatigue paléolithique.

– **Pff pff... han han...** ahana-t-il. Les amis, je n'en peux plus !

– Je sais ce qu'il lui faut ! s'exclama Benjamin, d'un ton résolu.

Il lâcha prise un instant et hurla de tout son souffle dans l'oreille de Traquenard :

– Si tu y parviens, tu auras une **SUPERFONDUE** pour le dîneeeer !!!

À ces mots, Traquenard parut récupérer immédiatement son énergie. Galvanisé par la perspective d'une fondue fumante, il donna une ultime secousse puissante et décisive.

Le tronc autour duquel était enroulée la liane se **BRISA** sous le choc, et par contrecoup nous fûmes projetés à terre, en nous *épar-pillant* çà et là.

Téa atterrit sur un tas de feuilles sèches, Benjamin et Traquenard finirent dans une flaque, et moi je me retrouvai le derrière dans les **ÉPINES** d'un buisson de mûres. Mille millions de crânes concassés, quelle douleur mégalithique !

Mais quand nous nous relevâmes, nous consta-
tâmes avec bonheur que la très **VIGOU-
REUSE** secousse avait été efficace : le bébé
se tenait devant nous.

Il **TREMBLAIT** d'épouvante et regardait autour
de lui, affolé. Le pauvre, il paraissait vraiment
PERDU !

Hu?
Hi?

CYCLONE...
C'EST SON NOM

Nous étions **TREMPÉS**, **FRIGORIFIÉS**, DÉGOULI-
NANTS (sans parler des épines qui me transper-
çaient le derrière !), mais HEUREUX !

Bientôt, la tempête s'apaisa et la pluie
cessa. Benjamin *caressa* tendre-
ment le museau du terriblosaure.

– Tout va bien, pit-
chounet ?

Pour toute réponse,
le gros **BÉBÉ** se
mit à le lécher joyeu-
sement. Puis il nous

ARF !
ARF !

EH !

couvrit de bisous, tout en remuant la queue.
QUEL AMOUR !

Le soleil réapparut, aussi vite qu'il avait disparu.

Le petit (façon de parler !) terriblosaure s'ÉTIRA et s'ÉTENDIT sur le ventre pour jouir de la chaleur.

Et nous… nous l'**OBSERVIONS** attentivement : nous étions très intrigués !

– Comment s'appelle-t-il ?

– Où est sa **MAMAN** ?

– Où est son clan ?

Benjamin se pencha sur le museau du bébé et articula en détachant bien les syllabes :

– TU T'AP-PELLES CO-MMENT ?

Le terriblosaure sauta sur ses pattes, émit une série de grognements incompréhensibles et entreprit de TOURNER à toute allure sur lui-même.

Nous essayâmes de deviner son nom…

– Toupinet ?

– Tourbillonnet ?

– Moulinet ?

À chacune de nos tentatives, il **SECOUAIT** sa grosse tête.

Enfin, Benjamin s'exclama :

– CYCLONE !

Le petit dinosaure remua les **PATTES**, tout joyeux.

Il s'appelait bien Cyclone !

– Mon nom est Benjamin, se présenta mon neveu avec un grand SOURIRE. Salut, l'ami !

Cyclone le gratifia d'un coup de **LANGUE** sur la pointe des moustaches, et recommença à grogner dans son dialecte dinosaurien en agitant sa queue.

Téa, Traquenard et moi, nous nous regardions, INTERLOQUÉS. Nous ne comprenions croûte à ces petits cris. Benjamin, en revanche, semblait tout saisir à MERVEILLE.

– Alors, qu'attendez-vous pour lui répondre? nous encouragea-t-il. Il vous a demandé comment vous vous appeliez!

CYCLONE

NOM : CYCLONE.

ESPÈCE : *TERRIBLOSAURE CATACLYSMUS*.

CARACTÈRE : TRÈS VIF, IL NE TIENT PAS EN PLACE, ET SAIT VRAIMENT SE MONTRER... TERRIBLE!

CE QU'IL MANGE : HERBIVORE, IL ADORE LES PETITS LÉGUMES GRILLÉS, LES POMMES ET LES PRUNES PRÉHISTORIQUES.

CE QU'IL NE MANGE PAS : LA PIZZA «QUATRE ÈRES GLACIAIRES», AINSI QUE LES BROCHETTES DE PETITS OIGNONS MÉGALITHIQUES.

– Ah, bien sûr, répondis-je, INCERTAIN.

Je fis donc les présentations, pour moi, Téa et
Traquenard.

Cyclone répondit par un déhanchement, deux
BATTEMENTS de patte antérieure et une petite
PIROUETTE.

– Il dit qu'il est tombé dans le fleuve alors qu'il jouait
à de nombreuses queues d'ici, traduisit Benjamin.

Le dinosaure continua son exposé par un
ENTORTILLEMENT de cou, deux petits SAUTS,
trois TIRAGES DE LANGUE avec bave
et un sans bave.

– Il dit qu'il aime bien jouer tout seul, mais…

Le bébé poursuivit avec quatre BATTEMENTS
de queue sur le sol.

– … qu'il est heureux de nous avoir rencontrés,
et qu'il adorerait demeurer avec nous ! Oooh,
tonton Gero, pourrions-nous le garder ?

Je secouai vigoureusement la tête : c'était une
chose de sauver un bébé en **DIFFICULTÉ**, c'en
était une autre de l'adopter à vie !

Mais c'était sans compter avec les grands yeux
suppliants de mon petit neveu préféré.

Je soupirai. Quand Benjamin me regarde ainsi,
je suis incapable de résister !

– Je t'en prie je t'en prie je t'en priiiie ! m'implora-
t-il. Il est tellement MIGNON !

Cyclone me tira la langue.

– Il est tellement **BIEN ÉLEVÉ** !

Cyclone émit un rot sonore : burp !

– Tellement… heu, enfin… tellement **RAFFINÉ**…

Cyclone s'accroupit devant mes pattes et me laissa un petit SOUVENIR fumant et odorant.

J'étais consterné. Il ne manquait plus que ça : un mini-terriblosaure PUANT et pourvoyeur d'ennuis en tout genre dans la famille !

Dès que Cyclone comprit que je n'avais pas la moindre **intention** de l'adopter, il s'immobilisa.

Soudain très calme, il revint vers moi sur la pointe des pattes, battit des paupières avec les yeux en COEUR, et frotta son museau contre mon épaule en me regardant d'un air de cockerosaure.

Oh… je ne voulais pas me laisser attendrir ! Je devais résister, je devais résister, je devais résist…

– *Ça va, d'accord. Si vraiment on ne peut pas faire autrem…*

Je n'eus même pas le temps de finir ma phrase que Benjamin et Cyclone me SAUTÈRENT dessus, en me couvrant de bisous, caresses, coups de langue sur le museau, CÂLINS délicats, bourrades jurassiques sur le dos et joyeux coups de queue... GASP, je faillis étouffer !

Téa et Traquenard s'exclamèrent :

– **Bienvenue dans la famille, Cyclone !**

CYCLONE... LE BIEN NOMMÉ !

Benjamin et Cyclone s'entendaient admirablement.

Mais... nous comprîmes très vite pourquoi le bébé s'appelait ainsi : c'était un vrai **CYCLONE**, ou plutôt un **OURAGAN**, que dis-je un ouragan, un *cataclysme* !!!

MIAM !

CHOMP CHOMP...

GRRR !

GRRR !

TAP ! TAP !

Il ne tenait pas en place. Il **GRIGNOTAIT** tout ce qui était grignotable, il **DÉVORAIT** tout ce qui était dévorable, il inondait de **BAVE** tout ce qui était inondable de bave… bref, c'était une calamité préhistorique !

– Peut-être que nous ne le faisons pas assez jouer… hasarda Traquenard, tandis que le petit (façon de parler) **engloutissait** nos dernières réserves de fondue.

ALLEZ !

– Alors faisons-le JOUER ! répliquai-je, exaspéré.

Aussitôt dit, aussitôt fait : Téa et Traquenard improvisèrent un terrain de TENNIS
paléozoïque. (Quant à moi, je préférai demeurer
à l'écart pour observer.)

Mais personne n'avait tenu compte de la force
PRODIGIEUSE de Cyclone. Il saisit la raquette

avec sa queue… et projeta la **balle** à des queues de distance !!!

– Prends garde, Gero ! s'exclama Téa.

Un instant plus tard, je vis la balle *FONCER* sur moi.

_Ouaaaaaaaaaaah !

hurlai-je en essayant de l'éviter.

AU SECOUUUUURS !!!

Mais la balle me frappa de plein fouet, et une **bosse** grosse comme un monolithe* poussa au milieu de mon front. Avant que je puisse me remettre, un autre coup arriva !

Fcioummmm !

Fcioummmm !

Fcioummmm !

Finalement, excédée, Téa s'élança sur le dos du bébé pour l'**ARRÊTER**.

– Ça suffit maintenant, hein !

Cyclone n'apprécia pas du tout l'intervention de ma sœur.

PRÉHISTONOTE

*Monolithe : très grand bloc de pierre fait d'un seul tenant. Les plus anciens sont préhistoriques !

ÉNERVÉ, il commença à remuer son cou et à RUER en tous sens, Téa toujours sur sa croupe.

– Cyclone ! gronda-t-elle. Nous ne sommes pas au rodéo ! ARRÊTE-TOI !!!!

Traquenard, qui avec sa carrure mégalithique aurait pu lui tenir tête, courait, **hors d'haleine**, le long du fleuve.

Quant à moi, je n'en pouvais plus, tout ce tintamarre me faisait EXPLOSER la tête !

Ah, mais si ce bébé déchaîné pensait gâcher mes vacances, il se trompait lourdement !

Un moment de détente absolue

Rapide comme un rat, je m'éclipsai et me planquai dans un grand pommier paléozoïque. Tant que j'y étais, j'avais ESCALADÉ l'arbre : mieux valait être en hauteur pour éviter les incursions cycloniques ! En vérité, « escalader » n'est pas tout à fait le mot juste, car je SOUFFRE un peu (enfin, juste un tout petit peu... comment dire... presque pas) du VERTIGE. Je choisis donc une branche assez basse... enfin, très basse... bon, disons presque à ras de terre, et je m'installai confortablement. **Ouf !** Enfin ces vacances commençaient à ressembler à ce qu'elles devaient être : un moment de détente absolue.

J'essayai d'oublier les ennuis en piquant un petit roupillon. Je RÊVAIS que je mijotais dans une baignoire pleine de fromage de chèvre FONDU. J'étais en train de grignoter un morceau de parmesan jurassique quand…

– non !

Je sursautai.

– J'ai dit non !!!

J'ouvris un œil, et j'entrevis Benjamin qui faisait la morale à Cyclone, tandis que ce dernier l'observait d'un air PERPLEXE.

Un instant plus tard, le bébé dinosaure se rua sur mon arbre et se mit à le SECOUER à grands coups de tête, pour faire tomber ses fruits.

TU DOIS OBÉIR !

Manifestement, les remontrances de Benjamin n'avaient servi à rien !
Je fus bombardé par une avalanche de pommes gigantesques…

Sbonk ! SBONK ! Sbonk !

… avant que le tronc ne se **BRISE** dans un craquement sinistre.

Sfraaasshhh !

– AHOUUUUILLE !

Quand je repris mes esprits, je regardai autour de moi… et j'eus le souffle coupé. Mille millions d'osselets dépulpés, Cyclone avait provoqué un DÉSASTRE mégalithique !!!

LA FÊTE EST FINIE !

Tandis que nous observions la série de destructions opérées par Cyclone le long du fleuve…

– HUM !

… un RACLEMENT de gorge attira soudain notre attention.

– Geronimo Stiltonouth, qu'est-ce que c'est que cette **pagaille** ?! Je vous confie une cabane tranquille sur le fleuve, et je retrouve un champ de **bataille**… J'exige une explication !

TAP !
TAP !
TAP !

Eh bien, oui, c'était lui : Ratonio Masure, le très sévère PROPRIÉTAIRE du bungalow que nous avions loué pour les vacances.

Il avait une voix si autoritaire que même Cyclone (et j'allais dire : enfin !) courut se **RÉFUGIER** derrière Benjamin, baissant le cou et poussant de petits jappements HONTEUX.

Que faire ? D'accord, Cyclone était responsable de ce cataclysme, mais au fond ce n'était qu'un *bébé* ! Masure semblait tellement menaçant que je n'eus pas le cœur de dénoncer notre petit terriblosaure... Qui sait quelle terrible PUNItion il lui aurait infligée !

Je tentai de me justifier en bredouillant une excuse :

– Heu, monsieur Masure, vous savez... la PLUIE...

Il fronça les sourcils.

– Le... le VENT... balbutiai-je.

Ses sourcils se rapprochèrent encore plus.

– La... heu... l'**HUMIDITÉ**...

Ses sourcils se réunirent pour former une unique barre de colère.

– Trêve de bavardages, Stiltonouth ! me coupa Ratonio. J'exige que vous me remboursiez les **DÉGÂTS** !

– Oh, mais nous remettrons tout en ordre ! intervint Téa.

Traquenard acquiesça :

– Et nous vous rembours... enfin, il vous *REM-BOURSERA* tous les dommages, ajouta-t-il en me montrant du doigt. Jusqu'à la dernière coquillette !

– D'ici ce soir je veux que cet endroit soit comme **NEUF**, je veux cent coquillettes de dédommagement, et surtout... je veux que vous ayez décampé loin d'ici ! conclut Masure.

Puis il s'éloigna en MAUGRÉANT.

Nous nous mîmes au travail : nous replantâmes les **arbres**, nous réparâmes la CABANE, nous rebouchâmes les trous dans la TERRE, nous ramassâmes les pommes tombées de l'arbre.

Au crépuscule, épuisés, fourbus, nous **REPARTÎMES** pour Silexcity.

Quand nous franchîmes la palissade de défense de la ville, il faisait déjà nuit noire !

Zzzzzz !

OUAAAAH...

C'EST TOI... OU LUI !

Pensez-vous que les ennuis étaient finis ? Pas du tout. Une fois que nous fûmes arrivés en ville, Téa et Traquenard regagnèrent leurs *FOYERS*, et je me retrouvai seul avec Cyclone et Benjamin, dans ma caverne. Ou plutôt *hors* de ma caverne. Eh oui, Cyclone était tellement **GROS** qu'il ne pouvait entrer.

Avant que je n'aie pu dire ouf, mon petit neveu, exténué, se **RECROQUEVILLA** contre le bébé dinosaure, et il s'endormit à l'instant, sur le seuil de ma grotte.

Même Cyclone, en dépit de son **ÉNERGIE** inépuisable, bâilla et s'étendit à l'entrée de la caverne, avec son long cou qui entourait et protégeait son nouvel ami. Mille millions de coquillettes polies, comme c'était MIGNON !

Résigné, je leur apportai une couverture, j'EM-BRASSAI Benjamin et (oui, je l'avoue) je fis un CÂLIN au bébé terriblosaure.

Qu'y puis-je… j'ai le cœur tendre comme un flan paléozoïque !

BONNE NUIT !

Le lendemain matin, le soleil était déjà haut quand je me réveillai. Ou plutôt quand je *fus réveillé* par les HURLEMENTS de Radio-Ragot.

ÉÉÉDITION SPÉCIAAALE !

Au cas où vous l'ignoreriez, Radio-Ragot est la radio la moins FIABLE de toute la préhistoire. Non seulement parce qu'elle est dirigée par mon implacable RIVALE, Sally Rasmaussen, mais aussi parce qu'elle ne diffuse jamais de nouvelles véridiques, qu'elle déforme toutes les informations et transforme n'importe quelle sottise en scoop sensationnel.

Et cette fois encore…

– ÉÉDITION SPÉCIAAAALE ! UN TERRIBLO-SAURE D'UNE FÉROCITÉ INOUÏE ATTAQUE SILEXCITYYYYYY ! hurla un des braillodactyles de Sally. DANGER D'EXTINCTION POUR TOUTES LES PRÉHISTOSOURIIIIIS !

Je tressaillis. Est-ce que par hasard… oh, non ! Comme je le craignais, Cyclone et Benjamin n'étaient plus à l'entrée. Ils n'étaient même plus dans les PARAGES.

Par contre, de ma caverne jusqu'à la place de la Pierre-qui-Chante, la ville offrait un spectacle de **DESTRUCTIONS** ininterrompues.

Arbres déracinés, portails de bois arrachés, routes défoncées, pleines de TROUS profonds… Inutile de vous dire que ce désastre portait une signature : celle d'un petit (façon de parler) terriblosaure DÉCHAÎNÉ ! J'arrivai à la palissade qui marque la limite de Silexcity, où je retrouvai Téa, qui me fixa d'un air INCRÉDULE.

Cyclone était aussi passé par là, et notre mur de défense (qui sert à protéger la ville contre les attaques extérieures) était DÉVORÉ, cassé, BRISÉ, **ABATTU** !

– Geronimo Stiltonouth ! tonna à ce moment une voix puissante.

C'était Ratapouf Ouzz, le chef du village. Je ne l'avais jamais vu aussi EXASPÉRÉ : il avait les joues rouges et les yeux exorbités.

– Qu'est-ce que c'est que cette histoire, Stiltonouth ?! brailla-t-il. On me dit qu'un terriblosaure RAVAGEUR cavale dans Silexcity en compagnie de… ton neveu !!!

– Heu, en effet… balbutiai-je en me faisant

aussi petit que les bébés poux qui colonisaient ma pelisse. Oui… disons qu'ils se connaissent un peu de vue. Mais vraiment **PEU**, très **PEU** !

– Ah vraiment ?! rétorqua Ratapouf, pas du tout convaincu. Sais-tu à quoi ils s'**OCCUPENT**, ces deux… compères ?

– Heu… bredouillai-je. Ils font leurs devoirs ?

– ILS SONT EN TRAIN D'ANÉANTIR SILEXCITY, TÊTE DE NOIX !!!

STILTONOUTH !

HEU…

Le souffle de son hurlement ébouriffa mon pelage. Ce n'était pas tout.

Une horde de Silexcitiens me prit à partie, et ils m'assaillirent de plaintes :

– Cette bestiole a RAVAGÉ mon jardin en terrasse !

– Elle a DÉVORÉ toute ma réserve de flageolets pour l'année !

– C'est un SÉISME de dimensions mégalithiques !!!

– Il faut que tu l'arrêtes, Stiltonouth ! conclut Ratapouf, d'un ton ferme. Je te donne jusqu'à demain pour chasser ce terriblosaure. Sinon, c'est *toi* qui QUITTERAS Silexcity !

Il ne manquait plus que ça ! Comment allais-je annoncer à Benjamin que Cyclone devait partir ?

Et d'abord, où étaient Benjamin et Cyclone ?!

– Essayons de voir au port, suggéra finalement Téa après plusieurs heures de recherches.

Les derniers RAYONS du soleil déversaient leur lumière dorée sur Silexcity.

Et, au bord de l'eau, deux silhouettes (l'une MINUSCULE, l'autre GÉANTE) projetaient leurs ombres sur le quai…

JE VEUX RENTRER À LA MAISON !

Téa et moi, nous les appelâmes, et Benjamin **COURUT** à notre rencontre, soulagé.

Par contre, Cyclone demeura recroquevillé sur le bord, fixant l'horizon d'un œil MÉLANCO-LIQUE.

– Sais-tu à quel point nous étions inquiets ?! gronda Téa. Non seulement vous avez SAC-CAGÉ la moitié de Silexcity, mais en plus vous avez DISPARU sans demander pardon !

– Qu'est-ce que tu as maintenant ? demandai-je au bébé dinosaure.

Le terriblosaure poussa un gros soupir et ne bougea même pas la pointe de la queue.

ÉTRANGE… ça ne lui ressemblait pas du tout !
Ben s'approcha de Cyclone et lui fit une petite
CARESSE sur le crâne.

– Il a la nostalgie de son chez-lui ! nous expli-
qua-t-il. C'est aussi la raison de son AGITA-
TION… Il ne voulait pas détruire Silexcity !
Il n'est pas habitué à la ville… Il est né et a

IL A LA NOSTALGIE
DE SON CHEZ-LUI…

grandi dans un environnement beaucoup plus SAUVAGE !

Comme pour confirmer les propos de Benjamin, Cyclone glapit et éclata en **SANGLOTS**.

– BOUAAAAAAAHHH !

Ses larmes nous inondèrent, et en quelques instants nous étions si trempés qu'on aurait pu nous ESSORER.

– Sa famille lui manque énormément, poursuivit Ben d'un ton désolé.

– Pauvre petit, soupira Téa, attendrie.

Puis elle me murmura à l'oreille :

– PSSSSST PSST PSSSST...

Mais elle parlait à voix trop basse pour que je la comprenne.

– Quoi ?

Elle se rapprocha et recommença :

– PSSSSST PSST...

– QUOOOIII ? criai-je. Parle plus fort, je ne t'entends pas !

Excédée, Téa m'attrapa par l'oreille et m'ENTRAÎNA à l'écart.

– Aouille !

– Es-tu sourd ? Je disais que c'était l'occasion rêvée d'éloigner Cyclone de la ville sans que Benjamin en SOUFFRE trop !

Bien sûr ! Téa avait raison. Mais pour cela nous devions...

– Tu as bien DÉVINÉ ! s'exclama ma sœur, lisant dans mes pensées. Nous accompagnerons Cyclone pour qu'il retrouve sa famille.

Quaaaiii ?! Partir à la recherche d'une bande de terriblosaures perdue dans le vaste monde PRÉHISTORIQUE ???

– Heu… en vérité, moi… bredouillai-je, hésitant.

– **TONTON GERO !** m'interpella alors Benjamin en s'approchant avec de grands yeux suppliants. Je voulais te demander… tu sais… au cas où… par hasard… peut-être… tu pourrais…

– *BIEN SÛR !* le devança Téa, en me pinçant l'oreille. Préparez vos sacs à dos, nous partons à la recherche des terriblosaures !

Mon petit neveu me sauta au cou.

JE…
HUM…

MERCI !

– **HOURRA !** Tu es le tonton le plus fantasouristique de la préhistoire !

Benjamin était trop **OPTIMISTE** en ce qui concernait mes capacités… À l'aube, quand nous nous retrouvâmes, avec Téa, devant la palissade, j'avais déjà une grande envie de retourner DORMIR !

Quant à Traquenard, il ne pouvait être des nôtres, car son associée, Frichtia Strouth, l'avait obligé à remettre en ORDRE la *Taverne de la Dent cariée*, qui avait accueilli la veille un congrès de CUISINE consacré à la ratatouille épicée. C'est ainsi que Benjamin, Téa, Cyclone et moi partîmes pour accomplir notre MIS- SION : ramener le bébé dinosaure à son clan.

Iiiiiiiiouk !!!

HUM...

ALLONS-Y !

B-B-BON APPÉTIT !

Nous nous étions à peine éloignés de Silexcity que je **soufflais** déjà aussi fort qu'un geyser. Quel effort préhistorique !

Cyclone, au contraire, piquait un sprint chaque fois qu'il apercevait un arbre, lui fonçait dessus et, **SBONK !**, le frappait d'un coup de tête sonore pour faire chuter tous ses fruits et n'en faire qu'une bouchée. **NOIX DE COCO**, melons, **PASTÈQUES** jurassiques… tout y passait.

Il s'AMUSAIT comme un petit fou avec les pastèques jurassiques : il les mastiquait et recrachait joyeusement les pépins sans cesser de courir, tout en faisant des moulinets de queue et en poussant des éclats de rire ravis.

Sou-
dain,
un cri de douleur
nous fit sursauter.

_ **Aïe !**

Qui avait parlé ?
Cela semblait venir
de la cime d'un grand
P R U N I E R
paléozoïque pris
pour cible par
Cyclone.
Sans s'en préoc-
cuper, le bébé dino-
saure continua à le
marteler de coups
de tête, jusqu'à ce
que...

Tounk ! et Tounk !

Deux masses **POILUES** aux longues DENTS s'écrasèrent sur le sol.

Téa, Ben et moi demeurâmes **paralysés** de frousse. Les deux masses en question n'étaient autres que... deux tigres aux dents de sabre, membres de la horde féline de Grocha Khan – les plus **FÉROCES** ennemis des préhistosouris ! Par chance, nous étions loin, et nous eûmes le temps de nous dissimuler derrière un buisson.

Cyclone n'avait rien à craindre : il était bien plus imposant que les deux FÉLINS !

Il les dévisagea d'un air menaçant.

Quand les deux fauves comprirent qu'ils étaient en face d'un terriblosaure, ils SURSAUTÈRENT comme s'ils avaient été piqués par un clou.

– B-b-bonjour, bredouilla le premier, en TREM-BLANT comme une feuille. B-b-bon appétit !

– A-a-avec votre permission, nous n'allons pas vous *déranger* plus longtemps, ajouta l'autre en arborant un sourire forcé. Ces prunes sont certainement beauuuuucoup plus SAVOUREUSES que nous…

Puis, plus **RAPIDES** que des vélociraptors, ils prirent leurs pattes à leur cou.

– Génial, Cyclone ! le félicita Benjamin.

Mais Téa et moi, nous n'étions pas TRAN-QUILLES : que faisaient donc ces deux félins en haut d'un arbre ?

B-B-BONJOUR…

GLOM !

LA FORÊT GRATTE-GRATTE

Ne sachant pas exactement où se trouvait le clan de Cyclone, nous longeâmes le fleuve Rapi-douth, jusqu'à ce que nous *DÉBOUCHIONS* sur un bois d'arbres millénaires.

– Selon mes calculs, il doit s'agir de la forêt Gratte-Gratte, annonça Téa.

Nous la contemplâmes : cette **FORÊT** était immense et verdoyante. Pourtant, elle dégageait quelque chose d'insolite : les arbres semblaient habités de milliers de petits **YEUX** qui nous espionnaient, tapis dans les feuillages…

– Entendez-vous ? murmura Téa.

Benjamin et moi *tendîmes* l'oreille.

– C'est une sorte de
BOURDONN...
Je n'eus pas le temps de terminer ma phrase que, d'un trou d'arbre, surgit un essaim d'**ABEILLES** préhistoriques ! Mais le plus étrange, c'était... qu'elles parlaient !!!
– *BZZZOUU...* cette forêt est à nouuuuus !
– *BZiiiii...* rongeurs, hors d'iciiiii !
Nous n'avions jamais rien vu (ni entendu) de semblable !
TERRORISÉS, nous nous enfuîmes à toutes pattes jusqu'à une clairière.
Les abeilles, satisfaites,

s'en retournèrent vers leur ruche, aussi vite qu'elles étaient apparues.

Nous étions criblés de PIQÛRES… Sans parler des démangeaisons : impossible de ne pas se gratter !

GRATTE ! GRATTE ! GRATTE ! GRATTE ! GRATTE !

Voilà qui expliquait le nom de cette forêt !

Alors que le pire semblait derrière nous, un essaim de frelons *JAILLIT* de son nid et nous prit pour cible. Les bestioles s'élevèrent en l'air, visèrent et… *ZAC !* piquèrent résolument vers leurs objectifs, qui se trouvaient justement être… nos derrières.

Finalement, après beaucoup d'**EFFORTS** et de multiples piqûres, nous réussîmes à quitter la clairière des frelons.

Le soir approchant, Téa proposa de camper pour la nuit.

Cyclone REMUA la queue en signe d'approbation. Il avait engouffré des pelletées de prunes paléozoïques, et avait à présent la panse toute **ballonnée**.

– Celles-là, je les réquisitionne, l'avertit Benjamin en confisquant les dernières prunes qui restaient. Je te les donnerai petit à petit. Tu ne peux pas te goinfrer ainsi !

Je souris, ATTENDRI : avec ce bébé dinosaure, mon petit neveu se montrait vraiment très responsable !

NE ME QUIIIIITTE PAAAAAAAS...

Le soleil se couchait, et nous nous hâtâmes de monter nos TENTES.

Mille millions de crânes concassés, j'aurais pu dormir pendant toute une ère GÉOLO-GIQUE !

Mais, comme par hasard, dès que je fermai les yeux, une chanson stridente nous fit *sursauter*.

EH ?!

???!

– TOOOOOI... QUI AS VOLÉ MON CŒUR...
NE ME QUITTE JAMAIS PLUUUUUUUS !

Je n'avais jamais entendu chanter plus **FAUX** !

De sa tente, Téa hurla :

– Geeer, tu ne pourrais pas attendre demain matin pour CHANTER ?!

– Mais, mais… ce n'est pas moi ! répliquai-je. Il y a quelqu'un dehors qui chante encore plus mal que moi !

Pendant ce temps, la *sérénade* continuait :

– Ne me fais plus souffriiiir… Reviens, tu ne peux partiiiiir !

Nous sortîmes de nos tentes, et nous comprîmes. Sous les rayons de la lune, plusieurs moustiques gros comme des noix de coco *ENTON-NAIENT* leurs airs favoris !

Je tressaillis.

– Ce sont des moustiques préhisto-romantiques, les plus MIÈVRES de toute la préhistoire. Ils exécutent leurs compositions et... si on ne les applaudit pas, ils PIQUENT tous les spectateurs !

Nous n'avions pas le choix : malgré notre sommeil, nous dûmes subir cet *ÉPOUVANTABLE* concert.

À la fin (pour ne pas nous faire piquer), Téa, Benjamin et moi APPLAUDÎMES à tout rompre. Nous fûmes si convaincants que... les moustiques décidèrent d'en chanter une autre !

OH, NON !!! QUEL CAUCHEMAR PALÉOZOÏQUE !

LA CHARGE DES BISONS BOUFFANTS

Le lendemain matin, une fois sortis de la forêt Gratte-Gratte, nous pénétrâmes dans la plaine Vrombissante, toujours à la RECHERCHE de la famille de Cyclone.

Mais nous ne vîmes qu'un NUAGE menaçant qui pointait sur nous. Mille millions de fossiles fossilisés, était-ce encore un ORAGE ?! Pourtant, ce nuage ressemblait plutôt à…

– … un troupeau de BISONS BOUFFANTS ! hurla Téa. Ils foncent droit sur nous. Vite, aux abriiiis !

Sachez que les bisons bouffants sont des bisons PRÉHISTORIQUES normaux, sauf qu'ils ont une fourrure BOUCLÉE, très ÉPAISSE, qui descend jusqu'à terre. Bref, ils ressemblent à des **bisons-moutons** !

Contrairement à ce que leur aspect doux et moelleux laisse supposer, ces animaux sont très **DANGEREUX**, car ils sont constamment **FURIEUX**… surtout quand ils repèrent des intrus sur leur territoire !

Je disais donc qu'un troupeau de bisons bouffants

BISON PRÉHISTORIQUE TRADITIONNEL

BISON BOUFFANT

s'APPROCHAIT dangereusement… Il n'était plus qu'à quelques queues de nous ! Dix… neuf… huit…

Soudain, Téa eut une idée GÉNIALE.

Elle attendit que la première bête soit suffisamment près, puis bondit en l'air et retomba tout droit sur sa croupe. Le bison était si occupé à charger qu'il ne se rendit compte de rien. Sans hésiter, Benjamin fit de même.

Pour ma part, je ne parvenais pas à me décider… Je ne savais ni quand ni surtout comment DÉCLENCHER mon saut. Enfin, je fermai les yeux et m'élançai en l'air de toutes mes forces…

ADIEU, MONDE PRÉHISTOSOURIQUE !

Quand je rouvris les yeux, j'étais encore en **vie**, et plutôt en **FORME**. J'étais installé… sur la croupe de Cyclone ! Eh oui, le petit (façon de parler !) terriblosaure s'était d'abord enveloppé dans nos couvertures en fourrure pour se **CAMOUFLER** au sein de la horde des bisons, puis il s'était précipité à mon secours en me prenant sur son dos.

Dans la confusion de la **COURSE**, je m'étais retrouvé assis à l'envers… J'avais le dos orienté vers la tête de l'animal et les **PATTES** en direction de sa longue queue. Insouciant, Cyclone gambadait joyeusement dans la prairie, me provoquant un terrible MAL DE TERRIBLOSAURE.

Quand enfin le bébé dinosaure s'**ARRÊTA**, je descendis à terre, en proie à une nausée mégalithique. J'avais l'impression d'avoir la queue à la place des moustaches, les oreilles dans les pattes et le ventre noué comme un saucisson préhistorique. BLURP !

De leurs côtés, Téa et Benjamin étaient descendus de leurs montures moelleuses (et furieuses). Ils nous rejoignirent au bord du FLEUVE.

Là, nous remarquâmes un vieux rongeur qui profitait de la fraîcheur, à l'ombre d'un séquoia solitaire.

– Nom d'un cactus sans épine ! s'exclama-t-il. J'ai déjà vu des SOURIS voyager sur des trottosaures et voler sur des gonfiosaures… mais des souris chevauchant des BISONS, ça, c'est une nouveauté jurassique !

Puis le vieux rongeur se leva et vint à notre rencontre À PETITS PAS. Il avait le pelage sombre et hirsute, et un nez aussi rouge qu'un poivron mégalithique.

– Qu'est-ce que c'est que cette PAGAILLE ?! continua-t-il en fronçant les sourcils. D'abord les terriblosaures sur l'autre rive… puis des rongeurs sur des bisons… c'est ahurissant ! On ne peut plus avoir un moment de PAIX !

Benjamin, Téa et moi en restâmes bouche bée.

– Qu'a-t-il… dit ?! bredouilla mon neveu. Ai-je bien entendu ? Il y a des TERRIBLOSAURES de l'autre côté du fleuve ?!? Mais alors… nous avons trouvé !

Téa était tellement contente qu'elle déposa un gros BAISER sur le museau du vieux rongeur, qui en demeura plus pétrifié qu'un bloc de **GRANIT**. Il ne comprenait croûte à ce qui se passait.

Nous étions à une queue de notre but. Il ne nous restait plus qu'à traverser le fleuve !

LA VALLÉE DES TERRIBLOSAURES

Le problème était de faire traverser le fleuve à Cyclone. Il était encore TERRORISÉ par sa mésaventure survenue quelques jours plus tôt.
– **N'AIE PAS PEUR**, Cyclone, nous sommes avec toi ! l'encouragea Benjamin.
– Ta MAMAN t'attend de l'autre côté ! renchérit Téa.
– Regarde comme le fleuve est CALME, ajoutai-je (en réalité, il était très agité et plein de remous, mais ce n'était pas le moment de le lui faire remarquer). On dirait ma BAIGNOIRE ! Cyclone ne voulait rien entendre. Il demeurait IMMOBILE, le derrière planté dans le sable.

Nous étions sur le point de renoncer, quand Benjamin eut une idée GÉNIALE.

Mine de rien, il prit quelques-unes des prunes géantes qu'il avait confisquées, et se mit à JONGLER avec, devant les yeux de Cyclone.

Le bébé en eut tout de suite l'EAU À LA BOUCHE, et se déplaça d'une milliqueue vers le fruit.

Le plan semblait fonctionner !

Ben lança une prune à Téa, qui me la lança, avant que je ne la relance à Benjamin.

Et nous continuâmes ce petit jeu. Au fur et à mesure des lancers, sans même s'en rendre compte, Cyclone s'APPROCHAIT

MIAM !

de plus en plus de la berge. Il plongea une
PATTE dans l'eau, puis une autre, et…
HOP ! Cyclone sauta dans le fleuve. Alors
Benjamin envoya la prune sur la rive opposée.
Cyclone ne détachait pas les yeux du fruit,

MIAM…

HOP !

et ne réalisait pas qu'il était dans l'eau. Il ne s'apercevait même pas qu'il TRAVERSAIT le fleuve à la nage !

En deux coups de queue, il fut de l'autre côté, TREMPÉ mais RAVI, avec sa prune géante enfin en bouche.

BRAVO, CYCLONE !

À ce moment, Téa prit Ben par la patte et, tous ensemble, nous franchîmes le cours d'eau.

MISSION ACCOMPLIE !!!

Une fois son casse-croûte avalé, Cyclone regarda autour de lui, **FLAIRA** ici et là, et remua la queue : visiblement, il reconnaissait l'endroit !

De fait, un instant plus tard, il démarra en **TROMBE**, comme s'il savait exactement où il allait.

Nous le suivîmes au cœur de la **FORÊT**, et débouchâmes ainsi sur un plateau herbeux qui surplombait une immense vallée.

C'était un lieu **IMPRESSIONNANT**, bordé de roches sculptées et usées par le vent. Dans la vallée même régnait un grand **CHAOS** :

arbres déracinés, sol parsemé de déchets de fruits DÉVORÉS, de noix et de plantes piétinés…
La vallée des Terriblosaures !
– Pas étonnant que Cyclone DÉTRUISE tout ! fit sagement observer Benjamin. Il ne fait que suivre l'exemple de son clan.
Mon petit neveu avait RAISON. Pourtant, un détail ne collait pas : s'il s'agissait vraiment de la vallée des Terriblosaures… où étaient-ils donc, ces fameux terriblosaures ?!?
– Le troupeau est peut-être parti à la RECHERCHE de Cyclone, hasarda Téa.
Ben sursauta.
– Regardez, je distingue une traînée de pierres concassées le long du fleuve.
– Mais par là-bas, c'est Silexcity ! dis-je.
Nom d'un fossile fossilisé, nous devions nous lancer à la POURSUITE du clan !

Il ne fut pas difficile de pister la famille de Cyclone : les **TRACES** étaient particulièrement visibles et ce fut un jeu d'**ENFANT** de les suivre. Et puis Cyclone avait tellement hâte de retrouver ses parents qu'il filait à toute allure ! Lorsque nous étions trop **ÉPUISÉS**, il nous faisait monter sur son dos afin que nous nous **REPOSIONS**, et continuait sa course endiablée.

Ainsi, quand la nuit tomba, Cyclone, infatigable, marchait toujours, avalant **QUEUE**

après QUEUE. À l'aube, Silexcity était déjà en vue !

Cyclone s'ébroua, puis se mit à galoper encore plus **VITE**. Il avait aperçu son clan !

NOUS SOMMES DES AMIIIS !

Le clan de Cyclone était très nombreux. Parmi les terriblosaures qui le composaient, il y avait des **GROS**, des minces, des **HAUTS** comme des montagnes et des **Bas** (façon de parler !) comme des collines, mais tous (et quand je dis tous, je veux dire *vraiment* tous) nous fixaient d'un air très MENAÇANT !

BRRR...

IIIIK ?!

Ils pensaient sans doute que nous avions ENLEVÉ Cyclone ! Heureusement, notre jeune ami se mit à **GROGNER** et à se

GRRR...

SCROGNEUGNEU !

DANDINER, en faisant osciller son cou de **HAUT** en **BAS**, comme s'il expliquait quelque chose.

– Il dit que nous l'avons SAUVÉ du fleuve, traduisit Benjamin.

Une GIGANTESQUE terriblosaure rose se détacha du groupe, et nous dévisagea attentivement.

?!

NOUS VENONS EN AMIS !

Elle était énorme et inquiétante... Mes moustaches en vibrionnaient de FROUSSE !

– Nous sommes des amis... AMIIIS ! m'écriai-je.

La dinosaure s'approcha encore, regarda Cyclone, le caressa avec sa queue et lécha sa grosse tête. C'ÉTAIT SA MAMAN !

Alors elle se planta devant nous, baissa le cou et nous fixa.

Je fermai les yeux, me préparant à une EXTINCTION prématurée, quand le rictus furieux de la grosse bête se transforma en SOURIRE : c'était le plus doux qu'il m'ait été donné de voir !

Elle nous appliqua des léchouilles très baveuses (en signe de gratitude), puis rejoignit les autres terriblosaures et leur exposa la situation (en dialecte dinosaurien).

Ils commencèrent à sauter, à DANSER, à se **DÉMENER** en tous sens, à exécuter des cabrioles et des PIROUETTES pour exprimer leur JOIE.

Nom d'un tibia de tricératops, leur fête était si violente qu'elle aurait pu raser Silexcity !!!

Soudain, la maman de Cyclone s'immobilisa. Elle semblait INQUIÈTE. Elle dit quelque chose aux autres membres du clan (toujours en dinosaurien), et ceux-ci s'arrêtèrent à leur tour. Puis, d'un signe du museau, elle m'invita à MONTER sur sa tête. Je décidai aussitôt d'obéir... Vu sa stature, mieux valait ne pas la contrarier !

Tigres à l'horizon !!!

AGRIPPÉ au cou de la maman de Cyclone, juché à beaucoup (beaucoup trop) de queues du sol, je remarquai un élément particulièrement *ALARMANT*. Quelqu'un essayait de s'introduire par une brèche dans la PALISSADE qui avait été

OH OH !

mise sens dessus dessous par les «exploits» de notre ami Cyclone.

J'observai mieux, et ce que je découvris faillit me faire chuter de la croupe de la maman terriblosaure…

C'était Grocha Khan et ses **SBIRES** ! Voilà pourquoi les deux tigres étaient postés dans l'arbre deux jours plus tôt : sûrement des **ESPIONS** de la horde féline, envoyés en éclaireurs par leur chef !

AHR AHR AHR...

– **TIGRES À L'HORIZON !!!** hurlai-je à gorge déployée.

Mais dans le vacarme, Benjamin et Téa n'entendirent pas. Je dus lever une **PATTE** pour leur faire signe pendant que je braillais :

– Silexcity est attaquée par **GROCHA KHAN** !

– Quoi ? s'écria Téa en réponse. Tu as envie d'une **TISANE** ?

Mille millions de crânes concassés, ils ne comprenaient croûte à ce que je disais !

À ce moment, je perdis prise, et me mis à *glisser* à une vitesse vertigineuse le long du cou puis du dos de la maman terriblosaure.

Affolé, je me cachai les yeux avec mes pattes : j'allais atteindre le bout de la queue et m'**ÉCRABOUILLER** à terre.

Je me préparai au pire, mais il n'arriva pas…

Au lieu d'être précipité en bas, j'eus la sensation d'être emporté vers le **HAUT** ! Quand je rouvris les yeux, je compris : la queue avait joué le rôle d'un tremplin, et à présent je volais dans les airs en direction… OUAAAAAAH, en direction des tigres aux dents de sabre !!!

Plus aucun espoir, j'allais finir en purée de rongeur, éteint avant l'heure !

À l'issue d'une série de VOLTIGES aériennes, je m'abattis juste sur Grocha Khan. Depuis notre dernière rencontre, il n'avait clairement pas changé d'eau de toilette : il PUAIT autant que la vase des marécages Mégapuants !

– Urgh ! observa finement un tigre qui se tenait à ses côtés. Depuis quand existe-t-il une espèce de SOURIS VOLANTE ?

Grocha Khan me saisit au collet et me SOU-LEVA jusqu'à son gros museau.

– D'où viens-tu ? Hum, mais ne t'aurais-je pas déjà vu quelque part ?

J'allais BREDOUILLER une réponse, quand le chef de la horde féline regarda fixement derrière moi… et devint aussi BLANC qu'une mozzarella jurassique.

Je me retournai, et n'en crus pas mes yeux.

Avec Cyclone à leur tête, les terriblosaures **chargeaient** les tigres aux dents de sabre !

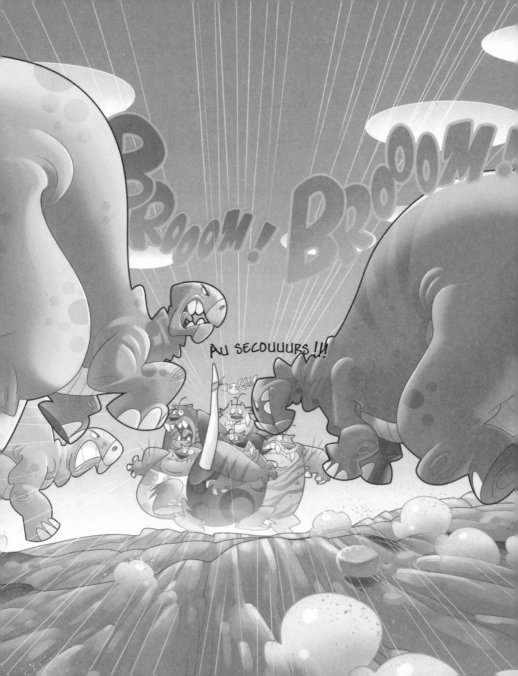

TERRIBLOSAURES À LA RESCOUSSE !

Sachez que rien, vraiment rien, n'EFFRAYE autant les tigres aux dents de sabre qu'une charge de terriblosaures.

Ce n'est pas étonnant : d'un léger coup de patte, même le petit Cyclone pourrait transformer n'importe quel tigre en GALETTE préhistorique !

Les terriblosaures, plus déterminés que jamais, FONÇAIENT donc sur la horde féline.

La maman de Cyclone avisa un groupe de fauves, et se mit à les projeter en l'air comme des petits cailloux.

Un autre dinosaure attrapa un tigre, et l'utilisa

pour se gratter le dos au moyen de ses dents de sabre bien AIGUISÉES.

Une terriblosaure coquette choisit quelques félins, et s'en servit comme BIGOUDIS pour se boucler la queue.

À la vue du troupeau d'ÉNORMES animaux qui chargeait, les autres s'éparpillèrent.

Certains glissaient et perdaient l'ÉQUILIBRE, d'autres cherchaient à se dissimuler comme ils pouvaient...

GNIIIK !

GULP !

GRAT GRAT !

Rien ne pouvait arrêter l'IM-PITOYABLE avancée des terriblosaures !

Ils dispersèrent les félins comme s'il s'agissait de fourmis. Ils les lançaient au loin. Je n'avais jamais vu la horde

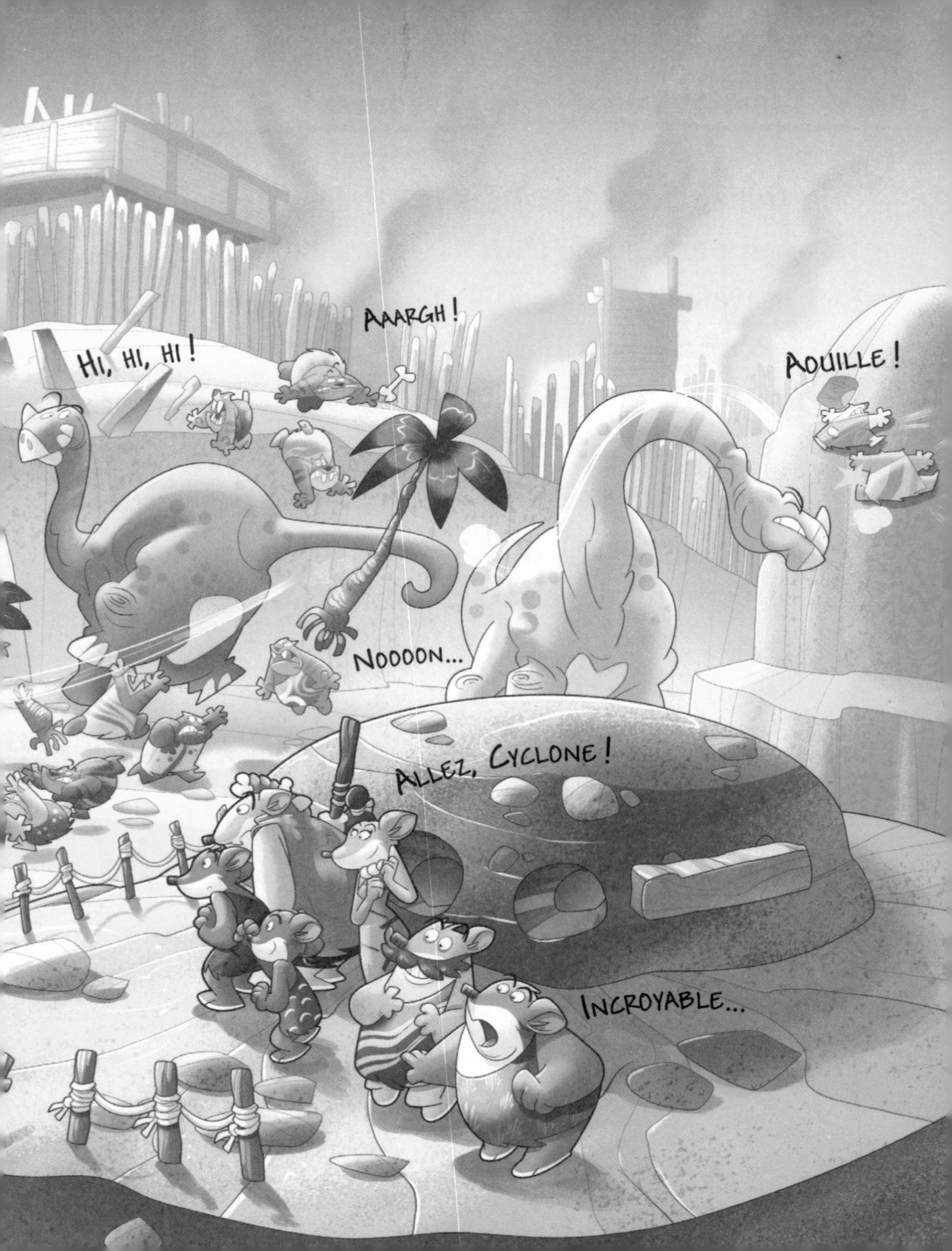

Hi, hi, hi !
Aaargh !
Aouille !
Noooon…
Allez, Cyclone !
Incroyable…

féline aussi **TERRORISÉE** : les tigres étaient en proie à une **PANIQUE** mégalithique, ils ne savaient plus ce qu'ils faisaient.

Pour ces horribles bestioles aux dents longues, il n'y avait plus aucun espoir : nous allions **GAGNER** la bataille !

Même Grocha Khan, qui ne brille pas par son intelligence, semblait s'en être rendu compte. Écumant de **RAGE** impuissante, il plaça

finalement ses deux grosses pattes en porte-voix et hurla de toutes ses forces :

– Retraite !!! Nous rentrons à Moskonia, mes braves ! Je viens de me souvenir que j'ai… heu… un RENDEZ-VOUS important !

La horde féline prit donc la fuite, vaincue et pleine de bleus.

Nous courûmes EMBRASSER Cyclone. Silexcity était sauvée !

VICTOIRE !!!

AU REVOIR, GROSSES BESTIOLES !

Les Silexcitiens affluèrent en masse pour CÉLÉ-BRER le sauvetage de la cité grâce à nos nouveaux amis, les terriblosaures.

Malheureusement, ces animaux géants fêtèrent l'événement à leur manière : ils se mirent à COURIR et à SAUTER, entrant et sortant de la ville… semant partout la panique et causant la destruction !

Ils réduisirent en miettes les derniers vestiges de la palissade de défense, démolirent une vingtaine de cabanes, ABATTIRENT tous les arbres et piétinèrent tout ce qui était piétinable.

Nom d'un tibia de tricératops, quel massacre !

Le chef du village, **RATAPOUF OUZZ**, était hors de lui :

– Geronimo Stiltonouth ! Encore toi ! Mais que se passe-t-il ?! Je préférais encore l'attaque de la horde féline !!!

Juste à cet instant, une grosse PIERRE se détacha d'un toit à moitié détruit et tomba sur son crâne.

SBAM!

Téa et Benjamin prirent la défense des dino-saures.

– Essayez de les comprendre ! plaida Benjamin.

Les terriblosaures ont des coutumes un peu…

RUSTIQUES. C'est parce qu'ils sont habitués à vivre libres, dans les grands espaces !

– Et reconnaissez qu'avec leur corpulence il n'est pas facile de se **DÉPLACER** dans les rues du village, expliqua Téa. Tu devrais en savoir quelque chose toi, Ratapouf !

– Ça n'a rien à voir ! s'offusqua le chef. Comment peux-tu comparer mon *tout petit* **Ventre** avec celui de ces énormes bestioles ???

Mais à ce moment un terriblosaure, terriblement **VEXÉ**, s'approcha, et notre chef changea immédiatement de ton :

– Heu… je voulais dire… ces *ravissants* animaux ! Oui, oui, votre **ALLURE** est superbe, tellement élégante… ultrachic !

Le dinosaure s'**ÉBROUA**, pas très convaincu, et rejoignit le reste du troupeau.

– En tout cas, continua Benjamin, notre ami Cyclone se propose d'enseigner les **BONNES MANIÈRES** à son clan…

– Et les terriblosaures se portent volontaires pour **réparer** la palissade et les maisons détruites ! ajouta Téa.

Ratapouf souleva un sourcil.

– Par la foudre du grand Bzouth, voilà une excellente **NOUVELLE** !

En quelques heures, grâce au **travail** acharné des terriblosaures, la palissade fut remise d'aplomb, les cabanes réparées, les arbres replantés. Silexcity semblait comme **NEUVE**, et nos amis mastodontes se préparèrent pour leur voyage de retour. Traquenard parvint à se libérer des griffes de Frichtia pour venir **SALUER** Cyclone.

Le bébé dinosaure lécha nos museaux pour nous dire au revoir. Ensuite il serra délicatement Benjamin avec sa queue et secoua sa grosse tête ÉMUE.

– Moi aussi, je suis triste de te quitter, répondit Benjamin en essuyant une petite LARME. Je ne t'oublierai jamais !

Puis le petit terriblosaure se mit à caracoler aux côtés de sa maman, et le troupeau se remit en ROUTE vers sa vallée.

– J'avoue que ce «DÉSASTRE AMBULANT»
va me manquer, admis-je, le cœur serré.

– À moi aussi ! murmura Benjamin en accompa-
gnant du regard la **MARCHE** des terriblosaures.

Ainsi, chers amis, c'est avec un peu d'émotion
(et un certain soulagement, reconnaissons-le)
que prit fin notre ÉTRANGE aventure avec
le terriblosaure le plus déjanté, le plus inte-
nable, le plus… cyclonique de toute la préhistoire.

Parole de Stiltonouth,
Geronimo Stiltonouth !

TABLE DES MATIÈRES

Geronimo Stilton

DANS LA MÊME COLLECTION

Et aussi...

Chers amis rongeurs,
ne manquez pas les prochaines
aventures des préhistos!